U0504223

四庫全書宋詞别集叢刊

十八

平齋詞

洪咨夔

白石道人歌曲

姜夔

四庫全書
宋詞別集
叢刊 十八

商務印書館

平齋詞

洪咨夔

欽定四庫全書　　集部十

平齋詞　　詞曲類　詞集之屬

提要

臣等謹案平齋詞一卷宋洪咨夔撰咨夔有平齋文集已著録是編為毛晋所刊晋跋稱未見集善汲古閣偶無其本僅見其詞也咨夔以才氣自負新第後上書衛王自宰相至州縣無不掊摭其短遂為時相所忌十年不

調故其詞淋漓激壯多抑塞磊落之感頗有似稼軒龍洲者晉跋乃徒以王岐公文多富貴氣擬之殊為未允谷夔父名鉞號谷隱有詩名谷夔出蜀時得書數千卷藏蕭寺父子考論諷誦學益宏肆詞注内所稱老人即其父也其子勲燾熹亦皆能紹其家學鶼鴒天詞為老人壽後闋云諸孫認取翁翁意插架詩書不負人可想其世業之盛又漢宫春一

闕乃慶其父七十作據平齋集有壬辰小雪前奉親遊道場何山五言古詩一首中有句云老親八十健而集内未載其詞疑其傳稿尚多散佚矣乾隆四十九年閏三月恭校上

總纂官臣紀昀臣陸錫熊臣孫士毅

總校官臣陸費墀

欽定四庫全書

平齋詞
提要

二

欽定四庫全書

平齋詞

宋 洪咨夔 撰

沁園春 壽俞紫薇

詩不云乎蒹葭蒼蒼白露為霜看高山喬木青雲老幹英華滋液亦斂而藏匠石操斤便游林下一舉採之充棟梁須知道是天將大任翁處還張　薇郎玉佩丁當問何事午橋花竹莊又星回歲換臘殘春淺錦薰籠紫

栗玉盃黄喚起東風吹醒宿酒甲子從頭重數將明朝去趂傳柑宴近滿袖天香

又 次黄宰韻

歸去來兮杜宇聲聲道不如歸正新煙百五雨留酒病落紅一尺風妬花期睡起緑牕銷殘香篆手板撑頤還倒持無人解自追遊仙夢作送春詩 風流不似年時把别墅江山供奕碁空一川芳草半池晴絮歌翻長恨賦續懐離桃葉渡頭沈香亭北往事悠悠難重思徘徊

處看鳴鳩喚婦乳燕將兒

又 壽淮東制置

飲馬咸池攬轡崑崙横騖九州慶中興機會天生山甫非常事業天授留侯左搏龍虵右馴虎兕萬里中原談笑收功名早便貂蟬獵獵飛出兜牟 新昶無限歡謳盡賣劒賣刀歸買牛正麥搖薰吹黃迷斷壠秧涵朝雨緑遍平疇眼底太平不圖再見羅拜焚香青海頭從今去願君王萬歲元帥千秋

又 用周潛夫韻

秋氣悲哉薄寒中人皇皇何之更黄花吹雨蒼苔滑屐欄空闘鴨牀老支龜靜裏蛩音明邊眉睫蹴踏星河天脱鞿清談久頓兩忘妍醜嫫姆西施　濂溪家住江湄愛出水芙蓉清絶姿好光風霽月一團和氣尸居龍見神動天隨著察工夫誠存體段个裏語言文字非君家事莫空將太極散打圖碑

風流子 和楊帥芍藥

錦幄醉荼蘼後猊睽銀蒜壓煙霏正韓范安邊歐蘇領客紅芳庭院綠蔭窻扉看句挽春春肯住更判羽觴揮金繫花腰玉勻人面嬌慵無力婭姹相依　繁華都能幾青油幕好與遮護晴暉寄語東君莫教一片輕飛向溫馨深處留歡卜夜月移花影露裛人衣只恐明朝西垣有詔催歸

賀新郎　壽成都孫宰

露洗秋光透指岷峨無邊峭碧與君為壽萬里同隨琴

鶴到只願人情長久儘頭白眼青如舊從吏功名三尺劒倚函關風雨蛟龍吼談笑取印如斗 從今盡展眉峰皺看諸郎翩翩黃甲斑斑藍綬一簇孫枝扶膝下翠竹碧梧爭秀便嘉慶圖中都有花影婆娑清晝永護新涼更著絲簧手歡未盡賸添酒

又 壽程於浩

風細簾花約玉壺天芙蕖欲蓋質當初蘂宿靄收陰晴色定一點明星碧落光拍滿浮溪岸彎銀櫛鐵冠風物

古更秧青麥熟蠶登箔謹取酒為君酌　華堂繡袞今
如昨長官清水晶燈照珊瑚鈎琢富貴功名知有樣晨
起一聲簷鵲使好趣六更宮鑰龍尾朝回長燕喜寶香
深醉引萊衣著吹紫鳳舞黃鶴

又　詠梅用甄龍友韻

放了孤山鶴向西湖問訊水邊嫩寒籬落試粉盈盈徽
見面一點芳心先著正日暮烟輕雲薄欲攬清香和月
嚥倩馮夷為洗黃金杓花向我勸多酌　單于吹徹今

咸昨未甘渠琢玉為堂把春留却倚遍黄昏欄十二知被兒曹先覺更笑殺盧仝赤脚但得東風先在手管緑陰好踐青青約方寸事兩眉角

又

誰識昂昂鶴且隨緣剩水殘山東村西落世事幾番新局面看底却高三著况轉首西山日薄雪意壓簷梅索笑任柄長柄短隣家杓篘小甕動孤酌　見花憶得年時昨正徽醺獨步黄昏被花迷却冷月吹香春弄影么

鳳梢頭先覺恍夢斷羅浮山脚欲寄心期無驛使想凌寒不奈腰肢約空恁暎畫欄角

漢宮春 老人慶七十

南極仙翁占太微元蓋洞府為家身騎若木倒量手弄青霞芙蓉飛旆映一川新緑平沙好與問東風結子幾回開遍桃花　況是初元玉歷更循環數起希有年華長把清明夜氣養就丹砂麻姑送酒安期生遺棗如瓜歡醉後呼兒烹試頭綱小鳳團茶

夏初臨

鐵甕栽荷銅彝種菊膽瓶萱草榴花庭户深沉畫圖低
映窻紗數枝奇石谽谺染宣和瑞露明霞於菟長嘯風
林裏霜草先斜 更雪絲香裏冰粉盤中興來進酒睡
起分茶輕雷急雨銀篁迸插簷牙凉入琵琶枕幃開又
送蟾華閒生涯山林朝市取次人家

滿江紅

送雨迎晴花事過一庭芳草簾影動歸來雙燕似悲還

笑笑我不知人意變悲人空為韶華老滿天涯都是別離愁無人掃　海棠晚荼蘼早飛絮急青梅小把風流醞藉向誰傾倒秋水盈盈魂夢遠春雲漠漠音期悄最關情鴨鴂一聲催紗窗曉

又　老人遊東山追和俞貳卿詞謹用韻

把酒西風渾莫問主賓誰惡千古事幾人遇合幾人流落肝膽輪囷濵渤小精神浩蕩蓬萊薄塗拒霜紅處是東山長如昨　蒼苔跡何曾削黃葉夢何難覺等春雲

出岫秋波歸壑老子婆娑風度遠佳人縹緲腰支約况
登高節過又重陽須多酌閏九月

天香 壽朱尚書

雲母屏開博山爐熨人間南極星現酥篆千秋燈圖百
子酒浪花光照面堂深戲綵任父老兒童爭勸耆艾相
將潞國精明恰如清獻 春風飄香合殿仗雲齊漏遲
宮箭正好簪荷入侍帕柑傳宴日月華蟲黼絢便與試
胸中五紋線壽域長開洪鈞長轉

水調歌頭 送曹侍郎歸永嘉

四海止齋老，百世水心翁。都將不盡事業，付與道俱東。氣脉中庸大學，體統釆薇天保，幾疏柘袍紅。千仞倚寥碧，一點駕歸鴻。　扈江蘺，貫薜荔，製芙蓉。午橋緑野深處，心與境俱融。搏控乾坤龍馬，簸弄坎離日月，蒼鬢映方瞳。只恐又催詔，飛度橘花風。

又 中夏望前一夕步月

如此好明月，梅裏自來無。炎雲溽霧收盡，宇宙一冰壺。

淺瀨乍分隨合清影欲連還斷滉漾玉浮圖風物庚樓似秋思欠菰蒲　醉魂醒塵骨換我非吾瓊簫紫鳳何許風露足清都君看流光多處縹緲澼洸人立白與藕花俱只恐姮娥妬涼透粟生膚

念奴嬌 老人用僧仲殊韻詠荷花橫披謹和

香山老矣正商量不下去留蠻素獨立躊躇腸欲斷一段若耶溪女水底新粧空中香袖斜日疎風浦向人欲語垂楊清蔭多處　便好花裏喚船碧筩白酒微吸荷

心苦佳月一鉤天四碧隱約明波橫注雪藕進絲碧蓮
見惹枕簟涼如雨一雙宿鷺伴人永夜翹竚

又 敬借老人燈韻為壽

光風霽月信行窩到處人間天上一笑喚回新造化滿
眼翠舒紅放腦後功名脚跟富貴夢斷春旗仗幅巾蕭
散任他蟣蝨龍象　正是楊柳初眠海棠半睡錦繡天
開障鶴骨松筋年望八得醉不妨瀾浪節過燒燈時催
修禊迎面韶華蕩宗文扶著問翁馬有何向

更漏子 次黄宰夜聞桂香

眼生花燈綴粟人在黄金列屋金縷細道冠明膽瓶涼意生 緩歌絃停酒斚待得香風吹下斜月轉斷雲回風流不讓梅

好事近 次曹提管春行

二十四番風纔見一番花鳥已自有人春瘦正遠山横峭 踏青底用十分晴半陰晴方好深院日長睡起又海棠開了

朝中措 送同官滿歸

荷花香裏藕絲風人在水晶宫天上橋成喜鵲雲邊帆認歸鴻　去天尺五城南杜趣對柘袍紅若問安邊長策莫須浪説和戎

又 次楊仲禹韻

翠盆紅藥護䑛籌風物似揚州春事一聲杜宇人生能幾狐裘　有山可買有書可讀不願封留一任東風輦路羣公蒼佩鳴璆

又 壽章君舉

滂葩七十二灘春鍾瑞麒麟流水行雲才思光風霽月精神 金蕉進酒斑衣起舞喜氣津津犀玉峯頭環珮紫薇花底絲綸

點絳唇 次張伯修韻

花事無多笙歌綰取東風住玉奚雕俎樓外更籌屢醉喚驪駒催上天梯去君知否半邊銅虎鄧艾經行路

西江月 壽章叔厚

庭下宜男萱草牆頭結子梅花非煙非霧富平家人物
風流如畫 寶月曾修玉斧銀河欲泛仙槎美人睡起
緑雲斜一笑扶將壽斝

浣溪沙 壽子有

蒼鶴飛來水竹幽初弦涼月一簾秋木犀花底試新篘
鳳咮硯供無盡藏龍飛榜占最高頭葱蘭洗眼看封
侯

又 用吳叔永韻

細雨斜風寂寞秋黃花壓鬢替人羞爭教幽意負箜篌
燕子樓寒迷楚夢鳳皇池暖愜秦謳暮雲凝碧可禁
愁

又 壽蔡干及

小雨輕霜作嫩寒蠟梅開盡菊花乾清香收拾貯詩肝
文武兩魁前樣在功名四諫後來看麻姑進酒斗闌
干

又

六曲屏山似去年雪花欺得怕春寒小窻和月照無眠
筆點輕澌心欲折燭搖斜吹淚空煎伴人梅影更堪
憐

菩薩蠻 和子有韻

翠翹花艾年時昨鬭新五采同心索含笑祝千秋長眉
如莫愁　流光旋磨蟻換調重拈起深院竹和絲皺紅
裁舞衣

鷓鴣天 為老人壽

天理從來屈有伸東風到處物皆春門前驄馬權奇種臺上慈烏反哺心　花㠀展柳湖尊好將長健傲長貧諸孫認取翁翁意插架詩書不負人

蝶戀花

宿留黄花寒更好人愛花繁却被花催老舊恨新愁誰醞造帶圍暗減知多少　閑眼萬般渾是惱只仗㣲醺假寐寛懐抱隔屋愁眉春思早數聲啼破池塘草

臨江仙

萬紫千紅鬢上粉聚成一撮精神宣和宮樣太清真韵風搖斗帳芳露濕綸巾　消得流鶯花底滑一聲驚起梁塵扶將芍藥牡丹春光浮金盞面香到玉池津

南鄉子 向刻作行香子誤 或作賀方回

風雨過芳晨多少愁紅恨紫塵兩點眉尖凝遠碧紛紛又被楊花誤一春　金鳳壓嬌雲睡起紗窻背欠伸心事欲言言不盡沈沈乳燕雛鶯觸撥人

眼兒媚

平沙芳草渡頭村綠遍去年痕遊絲下上流鶯來往無限銷魂　綺窻深靜人歸晚金鴨水沈溫海棠影下子規聲裏立盡黃昏

又　壽錢德成

花光燈影浸簾櫳蓬島現仙翁瑤裾織翠詩瞳點碧酒臉朝紅　竇郎陰德知多少萬卷奏新功前庭梧竹後園桃李無限春風

南鄉子　德清舟中和老人韻

霜月冷婷婷夾岸蘆花雪點成短艇水晶宮裏繫閒情誰道芙蓉更有成　阿鵲數歸程人倚低牕小畫屏莫恨年華飛上鬢堪憑一度春風一度鶯

祝英臺近 為老人壽

臉長紅眉半白老鶴飽風露歲換星移祿運又交午須知命帶將夾福推不去穩做箇榮華彭祖　記初度謝他紫燕黃鸝爭先送好語春滿湖山歷歷舊遊處管教柳外行厨花邊步屧長占斷好晴奇雨

謁金門 壽夢祥

春正美滿眼萬紅千紫收拾麝香歸甕蟻長年花信裏深院簾櫳如水雙燕呢喃芳壘唾碧輕衫人送喜梅梢新結子

又 九日

開笑口又是茱萸重九好水佳山長似舊健如黄犢走菊蕊崢崢如豆風雨輕寒初透簷外鵲聲誰送酒莫閒金椀手

卜算子

簸弄柳梢春呼吸花心露倦粉嬌黃扇底風盡向眉心度喚醒海棠紋約住櫻桃素上到瑤臺最上層共跨青鸞去後句夢中得

又

芍藥打圍紅萱草成窩綠簾捲疎風燕子歸依舊盧仝屋貧放麴生疎閒到青奴熟埽地焚香伴老仙人勝

連環玉

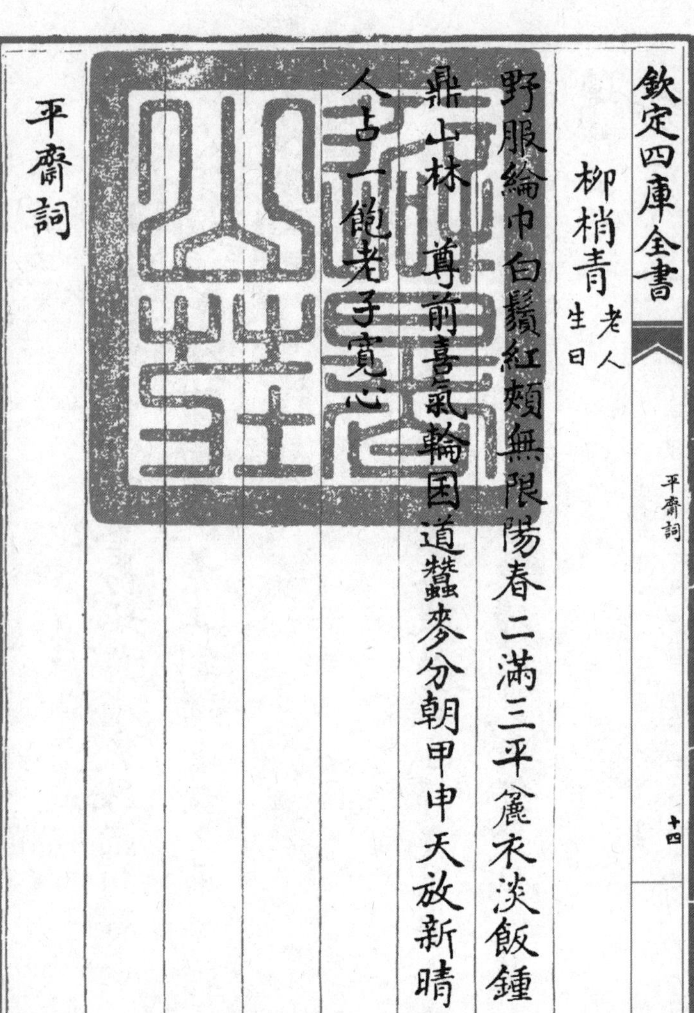

欽定四庫全書

柳梢青 老人生日

野服綸巾白鬚紅頰無限陽春二滿三平簏衣淡飯鍾鼎山林 尊前喜氣輪囷道甕麥分朝甲申天放新晴人古一飽老子寛心

平齋詞

白石道人歌曲

姜夔

欽定四庫全書　集部十

白石道人歌曲　詞曲類　詞集之屬

提要

臣等謹案白石道人歌曲四卷别集一卷宋姜夔撰夔有絳帖平續書譜詩集詩説俱别著録此其樂府詞也夔詩格高秀為楊萬里等所推詞亦精深華妙尤善自度新腔故音節文采並冠絶一時其詩所謂自製新詞韻

最嬌小紅低唱我吹簫者風致尚可想見惟其集久無善本舊有毛晉汲古閣刊板僅三十四闋而題下小序往往不載原文康熙甲午陳撰刻其詩集以詞附後亦僅五十八闋且小序及題下自注多意為删竄又出毛本之下此本從宋槧翻刻最為完善其九歌皆注律吕于字旁琴曲亦注指法于字旁皆尚可解惟自製曲一卷及二卷鬲溪梅令杏花

欽定四庫全書

天影醉吟商小品玉梅令三卷之霓裳中序第一皆記拍于字旁宋代曲譜今不可見亦無人能歌莫辨其節奏安在然歌詞之法僅僅留此一線録而存之安知無懸解之士能尋其分别者乎魯鼓薛鼓亡其音而留其譜亦此意也乾隆四十九年閏三月恭校上

總纂官臣紀昀臣陸錫熊臣孫士毅

總校官臣陸費墀

欽定四庫全書

白石道人歌曲
提要

二

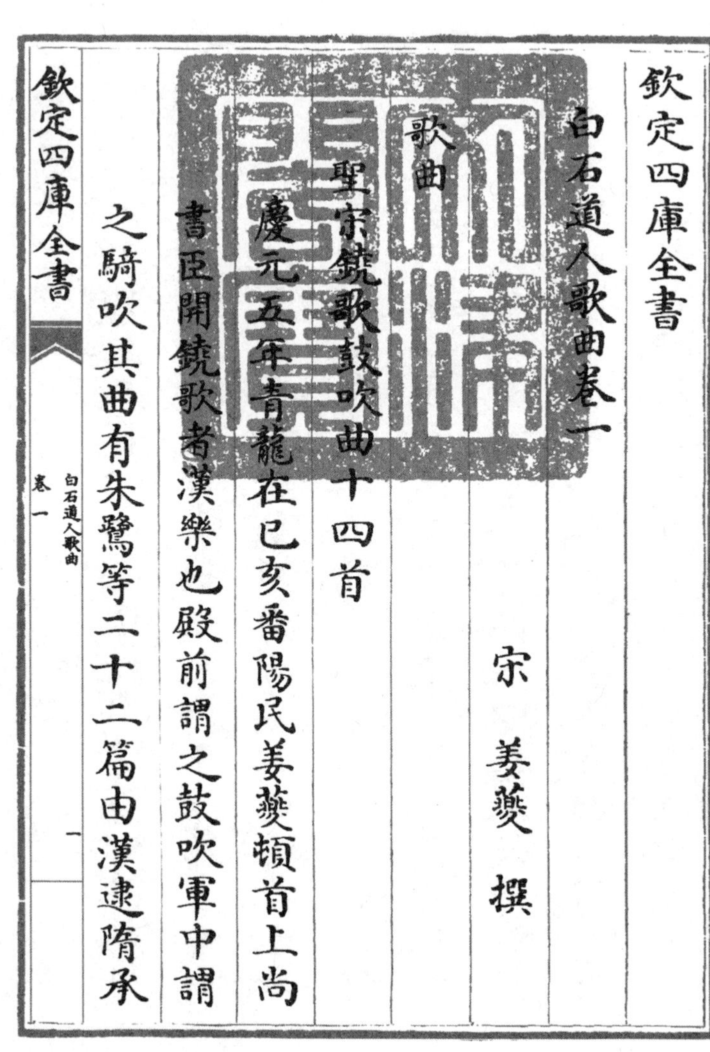

欽定四庫全書

白石道人歌曲卷一

宋 姜夔 撰

歌曲

聖宋鐃歌鼓吹曲十四首

慶元五年青龍在己亥番陽民姜夔頓首上尚書臣開鐃歌者漢樂也殿前謂之鼓吹軍中謂之騎吹其曲有朱鷺等二十二篇由漢逮隋承

用不替雖名數不同而樂紀罔墜各以詠歌祖
宗功業唐亡鐃部有柳宗元作十二篇亦棄弗
録神宗受命帝續皇烈光耀震動而逸典未舉
迺政和七年臣工以請上詔製用中更否擾聲
文罔傳中興文儒駑有擬述不麗於樂厥誼不
昭臣今製曲辭十四首昧死以獻臣若稽前代
鐃歌咸叙威武𠴲人之軍屠人之國以得土疆
乃矜厥能惟我太祖太宗真仁高宗或取或守

罔匪仁術討者弗戮執者弗劉仁融義安歷數
彌永故臣斯文特倡盛德其辭舒和與前作異
臣又惟宋因唐度古曲墜逸鼓吹所録惟存三
篇譜文乖訛因事製辭曰導引曲十二時六州
歌頭皆用羽調音節悲促而登封岱宗郊祀天
地見廟耕耤帝后册寶發引升祔五禮殊情樂
不異曲義理未究乞詔有司取臣之詩協其清
濁被之簫管俾聲暢辭達感藏人心永念宗德

無有紀極海内稱辛臣夔頓首上尚書

上帝命太祖受命也五季亂極人心戴宋太祖無心

而得天下也

上帝命惟皇皇叡作宋祚五王不綱陳橋之夕帝服自

黄惟帝念民惟民念靖八紘一春不曰予聖璇題玉除

龍路孔蓋得之非心遜亦云易有弟聖賢我祚萬年十

世之後乃復其天

河之表破澤州也李筠不知天命自憑其勇不能降

心以至於叛而死也

河之表曰上黨彼耽耽踞輿壤交韔百斤不如一仁撥汗千里莫能脱身帝整其旅疇曰汝武心飛太行膽落

戰鼓

淮海濁定維揚也李重進自謂周大臣不屈於太祖作鐵券以安之猶據鎮叛

淮海濁老將戾帝心堯舜信在券外汝胡弗思與越豨輩皇威壓之燕壘自碎維宋佐命維周碩臣汝獨狐疑

用殲厥身
沅之上取湖南也湖南有難乞援於我至則拒焉我
師取之
沅之上故王都今焉在空雲蕪勢危則哼勢謐則叛背
予德心繫爾作難東屆巴邛西盡九疑蠻師委伏願還
耕犂岧岧鎮山火德之紀真人方興百神仰止
皇威暢得荆州也我師救湖南道荆州高繼冲懼歸
其土

皇威暢附庸讋諸宮三月春草發漢家旌旗繞城堞小臣不敢頌天威再拜敢以荊州歸帝得荊州不為喜百萬愁鱗濯春水

蜀山邃取蜀也孟昶恃其國險且結河東以拒命兵加國除

蜀山邃蜀主肆謂當萬年不亮天意帝曰全斌汝征自秦闗門不守吏啼白雲帝曰光誼汝征自峽瞿唐反波助我肆伐蜀人號呼乞生於師蜀囚素衣天子憐之

時雨霈取廣南也劉鋹淫虐我師弔其民俘鋹以歸

時雨霈旱火絶聖人出虐政滅五嶺之君盲風怪雲毒蛇臻臻相其不仁南兵象陳自謂孔武有獻在廟偽臣偽主降者榮之叛者生之將不若是彼死爭之十偽之衷一用此道天祐烈祖仁以易暴

望鍾山下江南也李煜乍臣乍叛勢窮乃降而我師未嘗戮一人也

望鍾山睇揚子波湯湯雲靡靡主歌臣謡樂未已詔書

屢嘑不為起釣緜夜緯匪紡鯉長虹西彼波可履嗚呼憑凌果何恃辯士疾馳拜前陛曰臣有罪當萬死帝曰盍歸予宥爾我師入其都矢不踐螻蟻至今鍾山雲猶帶仁義氣

大哉仁吳越錢俶獻其國也

大哉仁萬世輔后皇明明監於下俶若曰亶為民封殖一姓吁不仁瞻彼日月爝火敢出震震皇皇帝命是式吏其稅租府其版圖爾豈固貿俾民作俘維宋之仁中

天建國吳山越濤衛我帝宅維俶之仁世世麗澤子孫來朝車馬玉帛

謳歌歸陳洪進以漳泉來獻也

謳歌歸兮四海一强國潰兮弱國入彼無諸兮計將安出天不震兮民不荼象齒貢兮沇水輸保室家兮長娭娭

伐功繼克河東也始太祖之伐河東誓不殺一人又哀劉氏之不祀故緩取之至太宗始得其地

伐功繼吁以時烈祖有造太宗濟之河東雖微方命再世河東雖强卒奪其帥惟漢之葉保於此都烈祖念汝乃貸未鉏一夫殘生帝也不取雨露既洽河東自舉河東既平九有以寧嗚呼太宗繼伐有聲

帝臨墉親征契丹於澶淵也

帝臨墉六師厲敵如雲暗九地帝曰吁敵傲予凖曰帝毋庸虞皇之靈綏華夏彼弗庭薄兹野我謀臧我武揚帝在兹彼且亡椎虜機激流矢一人仆萬人靡勝不戰

惟唐虞魄斯褫焚穹廬帝曰吁棄汝過粤明年使來賀

維四葉美致治也

維四葉聖承烈羣生熙德施浹吁嗟仁兮帝垂衣澹無為日月出照玉墀吁嗟仁兮帝乘輅六龍儛神示下繹鍾鼓吁嗟仁兮周八區者以醇穠如海桑如雲吁嗟仁兮

炎精復歌中興也

炎精復天馬度人漢思狄為懼洛水深深漢雲陰陰維

帝傷心帝心激烈將蹀胡血天地動色惟哀盡劉馳使之鞫包將之矛皇基再峙有統有紀施於孫子天疇帝仁適符夢靈適臻太平

越九歌

越人好祠其神多古聖賢予依九歌為之辭且系其聲使歌以祠之

南蕤林南林黃太姑蕤姑太姑林黃清太清黃清應南林南

央央帝旂羣晃相輿聿來我嫣我芸綠滋　維湘與楚

黄太黄姑蕤姑太姑林黄太黄南黄清應南蕤林蕤姑

謂狩在渚雲横九疑帝若來下　我懷厥初孰耕孰漁

黄太黄姑應南林南太黄清清應南蕤林蕤姑姑太黄姑

勿忘惠康疇匪帝餘　博碩於俎維錯於豆瑶灑玉離

蕤林黄黄清

侑此桂酒

右帝舜楚調

林南林仲夾林南無黄林仲夾黄太黄清清清無南黄清無南

登崇邱懷美功窈窕在雲其濛　享維德輯萬國轍轇

林夾仲林　仲太黃夾仲林無黃清太清黃清南無南林　仲

轉蹇時宅　珠為橇玉為車報我則腆不當厥拘　王

夾林仲太黃林仲林無南林黃清太清黃清林仲夾

旆返風偃偃山鳥呼觚棱晚豐予諶菲可薦

右王禹吳調　夾鍾宮

黃清太清黃清南林南姑太黃南無黃清　姑南太清黃清無南林姑

雲蒼涼山巀嶭瞻靈旗闖越絕　故宮淒淒生綠蕪謀

太姑黃姑太姑林南太清黃清無南黃清　太清黃清南黃清無南林
臣安在空五湖醇君君西入吳　洪濤卷地地龍工呼
南林南黃姑太姑林南太清林黃清太清黃清　無南林姑無林
函堅操刻何睢盱彼茁竹箭楊梅朱　壺觴有酎盤有
南仲姑太姑林姑太黃黃清
魚千春萬春勿忘此故都

右越王越調　無射商

黃清應南甤應南應太清應南甤姑太黃太　太南應南

凄其我思永矢弗遊皃曰予肖以溢與鏐　載尸載謌

太清蕤南應太清應南蕤姑太黃太

子惠思越翩其來而乘濤駕月

右越相側商調　黃鍾商

無黃清無仲太仲南林仲林太黃清清無林南林仲無太姑太

民荼羸天紀瀆羣雄橫徂君逐鹿傳懸於投匪智伊福

仲太仲林太黃清清無太清仲林南林無太清仲無　仲太仲

或肉以昌或斧以亡謂予復歸有如大江　我無君

林太清黃清無太清仲林南林南無黃太　仲太仲林林無太清黃清
尤君胡我慊亦有子孫在阿在崦　靈兮歸來蘩宮崔
無
嵬

右項王古平調　無射宮

林仲黃清無南林仲太黃林仲夾仲南林仲南黃太仲太
海雲碧兮崔嵬潭上去兮潭下來予乘舟兮遲女目屢
夾仲林仲　林仲黃太仲南黃清太清黃清南林仲林南黃太

夾仲林仲　林仲黃太仲南黃清太清黃清南林仲林南黃太

眩兮漚飛　白馬駃兮素縿舞驅銀山兮疊萬鼓汨子

仲太夾太黃無南林仲太夾仲　南黃太仲黃太仲南

從天兮南逝經西陵兮掠漁浦　夫在船兮婦在房風

林仲南黃清太清黃清南林南黃清夾太黃林仲黃太仲林仲

浩浩兮波茫茫瀝予酒兮神龍府我征至兮無所苦

右濤之神雙調

仲夾仲黃清林夷黃清太清黃清林仲夾仲太夾太黃夾林夷黃

玉副笄錦結褵含清揚兮鬱翠眉嚶嚶歌兮有待柳屢

夾仲折字仲　黃清太清黃清無夷黃清仲太夾太黃夾仲夾仲林

舞兮傲傲　昔何止兮水湄今何徵兮未來吾無欲兮

黃清無黃夷黃夾仲仲折字仲　黃清太清黃清夷黃清仲太夾太黃

女之佩羌猶豫兮而褰回　黃頭兮呼風旗尾兮栩栩

仲夾仲林夷仲夾仲折字仲　仲夾黃清林夷林仲太夾仲

潮楷兮沙遲將子兮無怒　舟去兮無歸花落兮烏啼

右曹娥蜀側調　夷則羽

應南應太清太姑應林蕤姑折字姑　應折字應林南應蕤林
鞭卧龍躍鏡浦靈之來曀如雨　環玉廂翠繽紛靈之
蕤姑太姑　南應折字應南應南林蕤姑蕤林太蕤太姑
逝扉出雲　我行其野有穮有稌入其閭閻載歌載僊
南應折字應林南林應折字應南林太蕤太姑　南應折字
祓我家室曰予父母高田萊蕪下田舄鹵　爾澤毋
應蕤林南應林太清太姑折字姑
三爾煦母五益嚴祀其終古

右麗將軍高平調　林鍾羽

夷南夷蕤夾姑蕤夾夷南夷蕤夾折字夾夷蕤夾蕤姑夾

師環城兮鳥不度萬夫投戈兮子獨武車轍厲兮螗螂

太蕤夷蕤太清應太清應太清應南夷蕤夷夾蕤夷夾南夷

怒抗予義兮出行伍　詩書發冢兮嗟彼傖父父老死

蕤夾夷應夾折字夾夾南夷蕤姑夾太應太清應夷蕤夷應

兮後生莫知其故廟無人兮鼠穴堵歌予詩兮詔萬古

右旌忠中管商調　南呂商

無太清黃清無林夷無無夷林仲仲夾仲黃太清黃清無大夾仲
愛予親兮保予體將臨淵兮髮上指子青衿兮父為史
夷無夷林仲夷無折字無 太清黃清無黃清無夷無太夷林仲
不如緹縈兮鬱陶以死 豺為政兮吾已矣望奫淪兮
太夾仲無太清黃清無夷林仲夾仲夾太無折字無 無太清黃清
倏而逝卧龍山兮若耶水靈不歸兮父思子 雨鳴荷
無林夷無無夷林仲太夾仲夷無太清黃清無仲夷黃清無夷
兮風入葦若伊優兮泣未已率我子兮與弟屋陽阿兮

折字　無

招爾

右蔡孝子中管般贍調　大呂羽

古今譜法

合四四一一上勾尺工工凡凡六五五五

黄大太夾姑仲㽔林夷南無應　黄清　大清　太清　夾清

折字法

篪笛有折字假如上折字下無字即其聲比無字微

高餘皆以下字為準金石絃匏無折字取同聲代之

琴曲

側商調

琴七弦散聲具宮商角徵羽者為正弄慢角清商宮調慢宮黄鍾調是也加變宮變徵為散聲者曰側弄側楚側蜀側商是也側商之調久亡唐人詩云側商調裏唱伊州予以此語尋之伊州大食調黄鍾律法之商乃以慢角轉弦取變

宮變徵散聲此調甚流美也葢慢角乃黃鍾之正側商乃黃鍾之側他言側者同此然非三代之聲乃漢燕樂爾予既得此調因製品弦法并古怨

調弦法

慢角調 慢四一暉取二弦十一暉應 慢六一暉取四弦十暉應

大弦黃鍾宮　二弦黃鍾商

三弦黃鍾角　四弦黃鍾變徵側

五弦黃鍾羽　六弦黃鍾變宮側

七弦黃鍾清商

古怨

[illegible][illegible][illegible][illegible][illegible][illegible][illegible]五[illegible][illegible]七[illegible]芑[illegible][illegible][illegible][illegible][illegible]一下令[illegible]

日暮四山兮烟霧暗前浦將維舟兮無所追我前兮不

[illegible][illegible][illegible][illegible][illegible][illegible][illegible][illegible][illegible][illegible]

逮懐後來兮何處屢回顧

泛聲

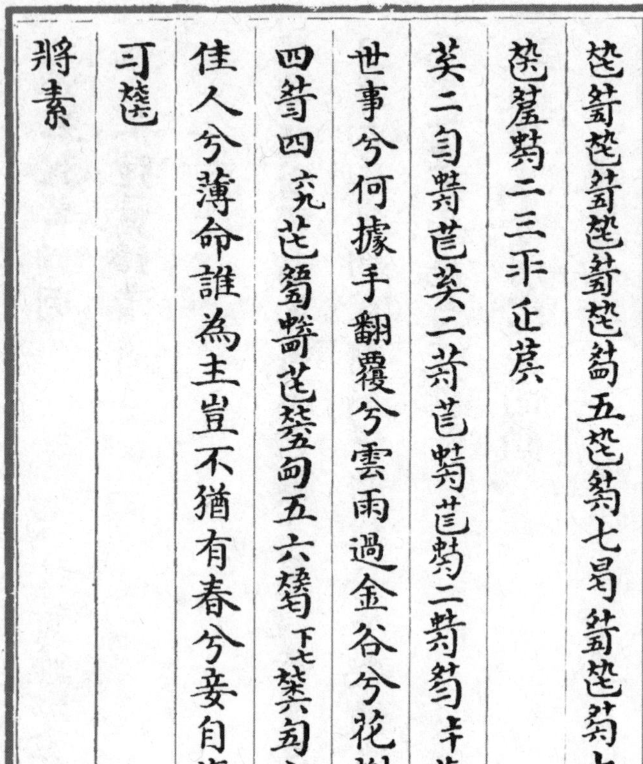

苣苟苣苟苣苟茍五苣苟七曷苟苣苟七乇六五苟

苣蓋莳二三非正蓃

芙二包莳苣芙二莳苣莳苣莳二莳芍卞芭芍芍芭芍

世事兮何據手翻覆兮雲雨過金谷兮花謝委塵土悲

四苟四六九芷芍蓍苣甃五向五六甃下七蓂匀六尨芍莲芍

佳人兮薄命誰為主豈不猶有春兮妾自傷兮遲暮髮

习莲

將素

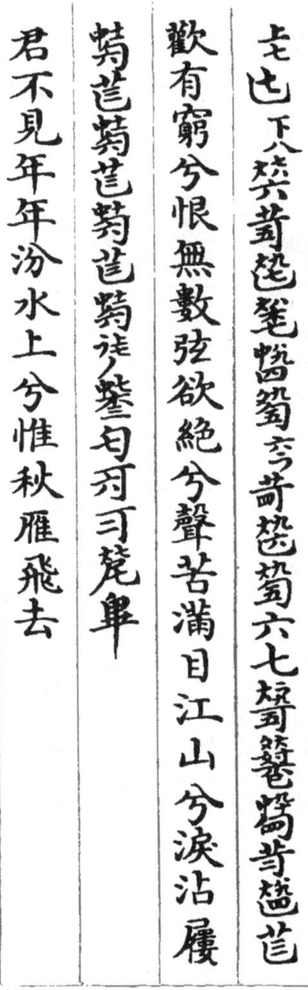

[illegible]

歡有窮兮恨無數弦欲絕兮聲苦滿目江山兮淚沾屨

[illegible]

君不見年年汾水上兮惟秋雁飛去

白石道人歌曲卷一

欽定四庫全書

白石道人歌曲卷二

宋 姜夔 撰

令

小重山令

賦潭州紅梅

人繞湘皋月墜時斜橫花樹小浸愁漪一春幽事有誰知東風冷香遠茜裙歸 鷗去昔遊非遥憐花可可夢

依依九疑雲杳斷魂啼相思血都沁緑筠枝

江梅引

丙辰之冬予留梁溪將詣淮而不得因夢思

以述志

人間離别易多時見梅枝忽相思幾度小窗幽夢手同

携今夜夢中無覓處漫徘徊寒侵被尚未知　濕紅恨

墨淺封題寶箏空無雁飛俊遊巷陌算空有古木斜暉

舊約扁舟心事已成非歌罷淮南春草賦又萋萋漂零

客涙滿衣

驀山溪

題錢氏溪月

與鷗為客緑野留吟屐兩行柳垂陰是當日仙翁手植一亭寂寞烟外帶愁横荷冉冉展凉雲横卧虹千尺才因老盡秀句君休覔萬緑正迷人更愁入山陽夜篴百年心事惟有玉闌知吟未了放船回月下空相憶

鶯聲繞紅樓

甲寅春平甫與予自越來吳攜家妓觀梅於孤山之西村命國工吹笛妓皆以柳黃為衣

十畝梅花作雪飛冷香下攜手多時兩年不到斷橋西長笛為予吹　人妬垂楊綠春風為染作仙衣垂楊卻又妬腰肢近平聲前舞絲絲

鬲溪梅令 仙呂調

丙辰冬自無錫歸作此寓意

𠂤フ人ㄅム一𠂤亣ㄌ亣一么ㄋフ人𠂤ㄙマㄣ一人

好花不與殢香人浪粼粼又恐春風歸去綠成陰玉鈿

厶ㄅ厶 厶フ人厶フ㇉六六夕六一么六フ人厶ㄅ

何處尋 木蘭雙槳夢中雲小橫陳謾向孤山山下覓

マㄅ一人厶ㄅ厶

盈盈翠禽啼一春

阮郎歸

為張平甫壽是日同宿湖西定香寺

紅雲低壓碧玻瓈惺忪花上啼靜看樓角拂長枝朝寒

吹翠眉 休涉筆且裁詩年年風絮時繡衣夜半草符移月中雙槳歸

又

旌陽宫殿昔裵徊一壇雲葉垂與君閒看壁間題夜涼笙鶴期 茅店酒壽君時老楓臨路岐年年强健得追隨名山遊遍歸 好事近

賦茉莉

涼夜摘花鈿苒苒動揺雲緑金絡一團香露正紗廚人獨　朝來碧縷放長穿釵頭罣層玉記得如今時候正荔枝初熟

點絳唇

丁未冬過吴松作

燕鴈無心太湖西畔隨雲去數峯清苦商畧黄昏雨第四橋邊擬共天隨住今何許凭闌懐古殘柳參差舞

又

金谷人歸緑楊低掃吹笙道數聲啼鳥也學相思調

月落潮生掇送劉郎老淮南好甚時重到陌上生春草

虞美人

賦牡丹

西園曽為梅花醉葉剪春雲細玉笙涼夜隔簾吹卧看

花梢摇動一枝枝　娉娉嫋嫋教誰惜空壓紗巾側沈

香亭北又青苔唯有當時蝴蝶自飛來

又

摩挲紫蓋峯頭石下瞰蒼厓立玉盤搖動半厓花花樹扶疎一半白雲遮　盈盈相望無由摘惆悵歸來展而今仙迹杳難尋那日青樓曾見似花人

憶王孫

番陽彭氏小樓作

冷紅葉葉下塘秋長與行雲共一舟零落江南不自由兩綢繆料得吟鸞夜夜愁

少年遊

戲平甫

雙螺未合雙蛾先斂家在碧雲西别母情懷隨郎滋味桃葉渡江時　扁舟載了匆匆歸去今夜泊前溪楊柳津頭梨花牆外心事兩人知

鷓鴣天

己酉之秋苕溪記所見

京洛風流絶代人因何風絮落溪津籠鞋淺出鴉頭韈知是凌波縹緲身　紅乍笑緑長嚬與誰同度可憐春

鴛鴦獨宿何曾慣化作西樓一縷雲

又

予與張平甫自南昌同遊西山玉隆宮止宿而返蓋乙卯三月十四日也是日即平甫初度因買酒茅舍竝坐古楓下古楓旌陽在時物也旌陽嘗以草屨懸其上土人以屨為屩因名曰挂屩楓蒼山四圍平野盡緑鬲澗野花紅白照影可喜使人採擷以藤糺纒著楓

上少焉月出大於黄金盆逸興横生遂成痛飲午夜乃寢明年平甫初度欲治舟往封禺松竹間念此遊之不可再也歌以壽之

曾共君侯歷聘來去年今日踏莓苔旌陽宅裏疎疎磬挂屩楓前草草盃　呼煮酒摘青梅今年官事莫裴徊移家徑入藍田縣急急船頭打鼓催

又

丁巳元日

柏綠椒紅事事新鬲籬燈影賀年人三茅鐘動西窗曉詩鬢無端又一春　慵對客緩開門梅花閒伴老來身嬌兒學作人間字鬱壘神荼寫未真

又

正月十一日觀燈

巷陌風光縱賞時籠紗未出馬先嘶白頭居士無呵殿只有乘肩小女隨　花滿市月侵衣少年情事老來悲沙河塘上春寒淺看了遊人緩緩歸

又

元夕不出

一昨天街預賞時柳慳梅小未教知而今正是歡遊夕却怕春寒自掩扉　簾寂寂月低低舊情情有絳都詞芙蓉影暗三更後卧聽鄰娃笑語歸

又

元夕有所夢

肥水東流無盡期當初不合種相思夢中未比丹青見

暗裏忽驚山鳥啼　春未緑鬢先絲人間别久不成悲
誰教歲歲紅蓮夜兩處沈吟各自知

又

十六夜出

輦路珠簾兩行垂千枝銀燭舞僛僛東風歷歷紅樓下
誰識三生杜牧之　歡正好夜何其明朝春過小桃枝
鼓聲漸遠行人散惆悵歸來有月知

夜行船

己酉歲寓吳興同田幾道尋梅北山沈氏圃

載雪而歸

罨豴横溪人不度聽流澌佩環無數屋角垂枝船頭生

影算惟有春知處　回首江南天欲暮折寒香倩誰傳

語玉笛無聲詩人有句花休道輕分付

杏花天影

丙午之冬發沔口丁未正月二日道金陵北

望淮楚風日清淑小舟挂席容與波上

人フ人丸スフ今人リス人以么今人フリ一人勺ス

綠絲低拂鴛鴦浦想桃葉當時喚渡又將愁眼與春風

人丸久ㄌスフ以斉　ㄌス斉スリ奺人ㄌㄌ久人ㄣ

待去倚蘭橈更少駐　金陵路鶯吟燕儛算潮水知人

么今人フリ一人么フリ人丸スㄌスフ以斉

最苦滿汀芳草不成歸日暮更移舟向甚處

醉吟商小品

石湖老人謂予云琵琶有四曲今不傳矣曰

濩索一曰濩弦梁州轉關緑腰醉吟商潮渭州歷
弦薄媚也予每念之辛亥之夏予謁楊廷秀
丈於金陵邸中遇琵琶工解作醉吟商潮渭
州因求得品弦法譯成此譜實雙聲耳 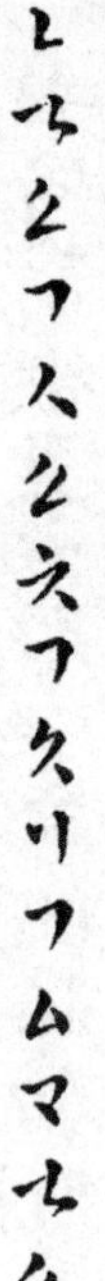
ㄥㄊㄙフ人ㄙスフ久リフムマㄊㄙマㄙㄊマムフ
又正是春歸細柳暗黄千縷暮鴉啼處夢逐金鞭去一 
ㄥㄙㄊマム人ㄙㄊ尒
點芳心休訴琵琶解語

玉梅令 高平調

石湖家自製此聲未有語實之命予作石湖宅南鬲河有圃曰范村梅開雪落竹院深靜而石湖畏寒不出故戲及之

ㄙリㄌ亣フリ今ㄥ丆フㄥ一人フ人卄人リリ九人

踈踈雪片散入溪南苑春寒鎖舊家亭館有玉梅幾樹

フリ今ㄥ丆ㄥ一マリマㄥ㚢丆　ㄌリフ⺌ㄌ人ㄥ

背立怨東風高花未吐暗香已遠　公來領客梅花能

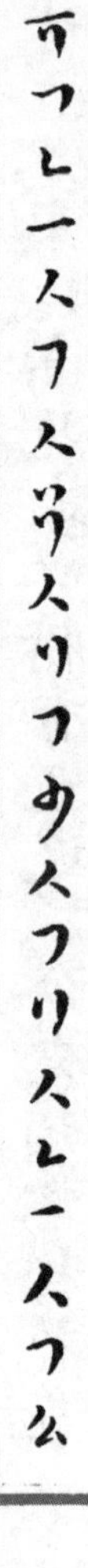

リフㄴ一人フ人ワ人リフカ人フリ人ㄴ一人フム
勸花長好願公更健便揉春為酒剪雪作新詩拚一日 
マ人ㄴリ
繞花千轉

踏莎行

自沔東來丁未元日至金陵江上感夢而作

燕燕輕盈鶯鶯嬌軟分明又向華胥見夜長爭得薄情
知春初早被相思染　別後書辭別時針線離魂暗逐

郎行遠淮南皓月冷千山冥冥歸去無人管

衷情

端午宿合路

石榴一樹浸溪紅零落小橋東五日淒涼心事山雨打船篷　諳世味楚人弓莫冲冲白頭行客不採蘋花孤負薰風

浣溪紗

予女須家沔之山陽左白湖右雲夢春水方

生浸數千里冬寒沙露衰草入雲丙午之秋

予與安甥或蕩舟採菱或舉火罝兔或觀魚

簺下山行野吟自適其適凴虛悵望因賦此

闋

著酒行行滿袂風草枯霜鶻落晴空銷魂都在夕陽中

恨入四弦人欲老夢尋千驛意難通當時何似莫匆

匆

又

已酉歲客吳興收燈夜闔户無聊俞商卿呼

之不出因記所見

春點疎梅雨後枝剪燈心事峭寒時市橋攜手步遲遲

蜜炬來時人更好玉笙吹徹夜何其東風落靨不成

歸

又

辛亥正月二十四日發合肥

釵燕籠雲晚不忺擬將裙帶繫郎船别離滋味又今年

楊柳夜寒猶自舞鴛鴦風急不成眠些兒閒事莫縈
牽

又

丙辰歲不盡五日吳松作

雁怯重雲不肯啼畫船愁過石塘西打頭風浪惡禁持
春浦漸生迎棹綠小梅應長亞門枝一年燈火要人
歸

又

丙辰臘與俞商卿銛樸翁同寓新安溪莊舍

得臘花韻甚二首

花裏春風未覺時美人呵蕊綴橫枝隔簾飛過蜜蜂兒

書寄嶺頭封不到影浮盃面悞人吹寂寥惟有夜寒

知

又

剪剪寒花小更垂阿瓊愁裏弄妝遲東風燒燭夜深歸

落蕊半黏釵上燕露橫斜映鬢邊犀老夫無味已多

時

白石道人歌曲卷二

欽定四庫全書

白石道人歌曲卷三

宋 姜夔 撰

慢

霓裳中序第一

丙午歲留長沙登祝融因得其祠神之曲曰黄帝鹽蘇合香又於樂工故書中得商調霓裳十八闋皆虛譜無辭按沈氏樂律霓裳道

調此乃商調樂天詩云散序六闋此特兩闋未知孰是然音節閒雅不類今曲予不暇盡作作中序一闋傳於世予方羇遊感此古音不自知其辭之怨抑也

人么マ一人マ行マム人ㄣ⺈一マ么マ一リマ一マ

亭皋正望極亂落紅蓮歸未得多病却無氣力況紈扇

么ㄌ久リマㄅㄌ⺈吋𠂉マ么人久吋人么フリ⺈人

漸疎羅衣初索流光過隙歎杏梁雙燕如客人何在一

么人リ人㇉么久ㄋ　久ㄋㄋ久リ𠃌芍マ么マ人么一

簾淡月彷彿照顏色　幽寂亂蛩吟壁動庾信清愁似

人フ人么マ么ㄋ久一フ人么一リ么人リマ糸人リ

織沈思年少浪跡笛裏關山柳下坊陌墜紅無信息漫

久ㄌ久久ㄐ久フ人糸リ人フ厶マ么ㄋ久ㄋ

暗水涓涓溜碧漂零久而今何意醉卧酒壚側

慶宮春

紹熙辛亥除夕予別石湖歸吳興雪後夜過

垂虹嘗賦詩云笠澤茫茫雁影微玉峯重疊護雲衣長橋寂寞春寒夜只有詩人一舸歸後五年冬復與俞商卿張平甫銛樸翁自封禺同載詣梁溪道經吳松山寒天迥雪浪四合中夕相呼步垂虹星斗下垂錯雜漁火朔吹凜凜巵酒不能支樸翁以衾自纏猶相與行吟因賦此闋盖過旬塗藁乃定樸翁咎予無益然意所躭不能自已也平甫商卿樸翁

皆工於詩所出奇詭予亦強追逐之此行既歸各得五十餘解

雙槳蓴波一蓑松雨暮愁漸滿空闊呼我盟鷗翩翩欲下背人還過木末那回歸去蕩雲雪孤舟夜發傷心重見依約眉山黛痕低壓　采香涇裏春寒老子婆娑自歌誰答垂虹西望飄然引去此興平生難遏酒醒波遠政凝想明璫素襪如今安在唯有闌干伴人一霎

齊天樂　黃鐘宮

丙辰歲與張功父會飲張達可之堂聞屋壁間蟋蟀有聲功父約予同賦以授歌者功父先成辭甚美予徘徊茉莉花間仰見秋月頓起幽思尋亦得此蟋蟀中都呼為促織善鬭好事者或以二三十萬錢致一枚鏤象齒為樓觀以貯之

庾郎先自吟愁賦淒淒更聞私語露濕銅鋪苔侵石井都是曾聽伊處哀音似訴正思婦無眠起尋機杼曲曲

屏山夜涼獨自甚情緒　西窗又吹暗雨為誰頻斷續相和砧杵候館迎秋離宮弔月別有傷心無數豳詩謾與笑籬落呼燈世間兒女寫入琴絲一聲聲更苦宣政間有士大夫製蟋蟀吟

滿江紅

滿江紅舊調用仄韻多不協律如末句云無心撲三字歌者將心字融入去聲方諧音律予欲以平韻為之久不能成因泛巢湖聞遠

岸簫鼓聲問之舟師云居人為此湖神姥壽也予因祝曰得一席風徑至居巢當以平韻滿江紅為迎送神曲言訖風與筆俱駛頃刻而成末句云聞珮環則協律矣書以緑箋沈於白浪辛亥正月晦也是歲六月復過祠下因刻之柱間有客來自居巢云土人祠姥輙能歌此詞按曹操至濡須口孫權遺操書曰春水方生公宜速去操曰孫權不欺孤乃散

軍還濡須口與東關相近江湖水之所出入予意春水方生必有司之者故歸其功於姥云

仙姥來時正一望千頃翠瀾旌旗共亂雲俱下依約前山命駕羣龍金作軛相從諸娣玉為冠廟中列坐如夫人者十三人向夜深風定悄無人聞珮環　神奇處君試看奠淮右阻江南遣六丁雷電別守東關却笑英雄無好手一篙春水走曹瞞又怎知人在小紅樓簾影間

一萼紅

丙午人日客長沙别駕之觀政堂堂下曲

沼西負古垣有盧橘幽篁一逕深曲穿逕

而南官梅數十株如椒如菽或紅破白露枝

影扶踈著屐蒼苔細石間埜興横生亟命駕

登定王臺亂湘流入麓山湘雲低昂湘波容

與興盡悲來醉吟成調

古城陰有官梅幾許紅萼未宜簪池面冰膠牆腰雪老

雲意還又沇沇翠藤共閒穿徑竹漸笑語驚起卧沙禽野老林泉故王臺榭呼喚登臨　南去北來何事蕩湘雲楚水目極傷心朱户黏雞金盤簇燕空歎時序侵尋記曾共西樓雅集想垂楊還裊萬絲金待得歸鞍到時只怕春深

念奴嬌

予客武陵湖北憲治在焉古城野水喬木參天予與二三友日蕩舟其間薄荷花而飲意

象幽閒不類人境秋水且涸荷葉出地尋丈
因列坐其下上不見日清風徐來緑雲自動
間於疎處窺見遊人畫船亦一樂也朅來吳
興數得相羊荷花中又夜泛西湖光景奇絶
故以此句寫之

鬧紅一舸記來時嘗與鴛鴦為侶三十六陂人未到水
佩風裳無數翠葉吹涼玉容銷酒更灑菰蒲雨嫣然搖
動冷香飛上詩句 日暮青蓋亭亭情人不見爭忍凌

波去只恐舞衣寒易落愁入西風南浦高柳垂陰老魚吹浪留我花間住田田多少幾回沙際歸路

又

謝人惠竹榻

楚山修竹自娟娟不受人間袢暑我醉欲眠伊伴我一枕涼生如許象齒為材花藤作面終是無真趣梅花吹溽此君直恁清苦　須信下榻殷勤翛然成夢夢與秋相遇翠袖佳人來共看漠漠風烟千畝蕉葉窗紗荷花

池館别有留人處此時歸去為君聽盡秋雨

眉嫵 一名百宜嬌

戲仲遠

看垂楊連苑杜若侵沙愁損未歸眼信馬青樓去重簾下娉婷人妙飛燕翠樽共欵聽艷歌郎意先感便攜手月地雲階裏愛良夜微暖　無限風流踈散有暗藏弓履偷寄香翰明日聞津鼓湘江上催人還解春纜亂紅萬點悵斷魂烟水遥遠又争似相攜乘一舸真長見

月下笛

與客攜壺梅花過了夜來風雨幽禽自語啄香心度牆去春衣都是柔荑剪尚沾惹殘茸半縷悵玉鈿似掃朱門深閉再見無路　凝竚曾遊處但繫馬垂楊認郎鸚鵡揚州夢覺彩雲飛過何許多情須倩梁間燕問吟袖弓腰在否怎知道悮了人年少自恁虚度

清波引

予久客古沔滄浪之烟雨鸚鵡之草樹頭陀

黄鶴之偉觀郎官大别之幽處無一日不在心目間勝友二三極意吟賞朅來湘浦歲晚
淒然步繞園梅摛筆以賦
冷雲迷浦倩誰喚玉妃起舞歲華如許野梅弄眉嫵屐齒印蒼蘚漸為尋花來去自隨秋雁南來望江國渺何處　新詩漫與好風景長是暗度故人知否抱幽恨難語何時共漁艇莫負滄浪烟雨況有清夜啼猿怨人良苦

法曲獻仙音 俗名大石 黃鍾商

張彦功官舍在鐵冶嶺上即昔之教坊使宅高齋下瞰湖山光景奇絶予數過之為賦此

虚閣籠寒小簾通月暮色偏憐高處樹隔離宮水平馳道湖山盡入尊俎奈楚客淹留久砧聲帶愁去 屢回顧過秋風未成歸計誰念我重見冷楓紅舞喚起淡粧人問逋仙今在何許象筆鸞牋甚而今不道秀句怕平生幽恨化作沙邊烟雨

琵琶仙 黄鍾商

吴都賦云户藏煙浦家具畫船唯吴興為然

春遊之盛西湖未能過也已酉歲予與蕭時

父載酒南郭感遇成歌

雙槳來時有人似舊曲桃根桃葉歌扇輕約飛花蛾眉

正奇絶春漸遠汀洲自緑更添了幾聲啼鴂十里揚州

三生杜牧前事休説　又還是宫燭分煙奈愁裏匆匆

換時節都把一襟芳思與空階榆莢千萬縷藏鴉細柳

為玉樽起舞回雪想見西出陽關故人初别

玲瓏四犯 此曲雙調世别有大石調一曲

越中歲暮聞簫鼓感懷

疊鼓夜寒垂燈春淺匆匆時事如許倦遊歡意少俛仰悲今古江淹又吟恨賦記當時送君南浦萬里乾坤百年身世唯有此情苦 揚州柳垂官路有輕盈換馬端正窺户酒醒明月下夢逐潮聲去文章信美知何用謾贏得天涯羇旅教説與春來要尋花伴侶

側犯

詠芍藥

恨春易去甚春却向揚州住微雨正繭栗梢頭弄詩句
紅橋二十四總是行雲處無語漸半脫宮衣笑相顧
金壺細葉千朶圍歌舞誰念我鬢成絲來此共尊俎後
日西園綠陰無數寂寞劉郎自修花譜

水龍吟

黄慶長夜泛鑑湖有懷歸之曲課予和之

夜深客子移舟處兩兩沙禽驚起紅衣入槳青燈搖浪微涼意思把酒臨風不思歸去有如此水況茂陵遊倦長干望久芳心事簫聲裏　屈指歸期尚未鵲南飛有人應喜畫闌桂子留香小待提攜影底我已情多十年幽夢畧曾如此甚郎也恨飄零解道月明千里

探春慢

予自孩幼從先人宦於古沔女須因嫁焉中去復來幾二十年豈惟姊弟之愛沔之父老

兒女子亦莫不予愛也丙午冬千巖老人約
予過苕霅歲晚乘濤載雪而下顧念依依殆
不能去作此曲别鄭次臯辛克清姚剛中諸
君
衰草愁烟亂鴉送日風沙回旋平野拂雪金鞭欺寒茸
帽還記章臺走馬誰念漂零久謾贏得幽懷難寫故人
清汭相逢小窗閒共情話　長恨離多會少重訪問竹
西珠淚盈把雁磧波平漁汀人散老去不堪遊冶無奈

苕溪月又照我扁舟東下甚日歸來梅花零亂春夜

八歸

湘中送胡德華

芳蓮墜粉疎桐吹緑庭院暗雨乍歇無端抱影銷魂處還見篠牆螢暗蘚階蛩切送客重尋西去路問水面琵琶誰撥最可惜一片江山總付與啼鴂　長恨相從未款而今何事又對西風離别渚寒烟淡棹移人遠縹緲行舟如葉想文君望久倚竹愁生步羅襪歸來後翠尊

雙飲下了珠簾玲瓏閒看月

解連環

玉鞭重倚却沈吟未上又縈離思為大喬能撥春風小喬妙移箏雁啼秋水柳怯雲鬆更何必十分梳洗道郎攜羽扇那日隔簾半面曾記　西窗夜涼雨霽歎幽歡未足何事輕棄問後約空指薔薇算如此溪山甚時重至水驛燈昏又見在曲屏近底念唯有夜來皓月照伊自睡

喜遷鶯慢

功父新第落成

玉珂朱組又占了道人林下真趣窗户新成青紅猶潤雙燕為君胥宇秦淮貴人宅第問誰記六朝歌舞總付與在柳橋花館玲瓏深處　居士閒記取高卧未成且種松千樹覔句堂深寫經窗靜他日任聽風雨列仙更教誰做一院雙成儔侶世間住且休將雞犬雲中飛去

摸魚兒

辛亥秋期予寓合肥小雨初霽偃卧窗下心事悠然起與趙君猷露坐月飲戲吟此曲蓋欲一洗鈿合金釵之塵他日野處見之甚為予擊節也

向秋來漸疎班扇雨聲時過金井堂虛已放新涼入湘竹最宜欹枕閒記省又還是斜河舊約今再整天風夜冷自織錦人歸乘槎客去此意有誰領　空贏得今古三星炯炯銀波相望千頃柳州老矣猶兒戲瓜果為伊

三請雲路迴謾説道年年野鶴曾竝影無人與問但濁
酒相呼踈簾自捲微月照清飲

白石道人歌曲卷三

欽定四庫全書

白石道人歌曲卷四

宋 姜夔 撰

自製曲

揚州慢 中呂宮

淳熙丙申至日余過維揚夜雪初霽薺麥彌望入其城則四顧蕭條寒水自碧暮色漸起戍角悲吟予懷愴然感慨今昔因自度此曲

千巖老人以為有黍離之悲也

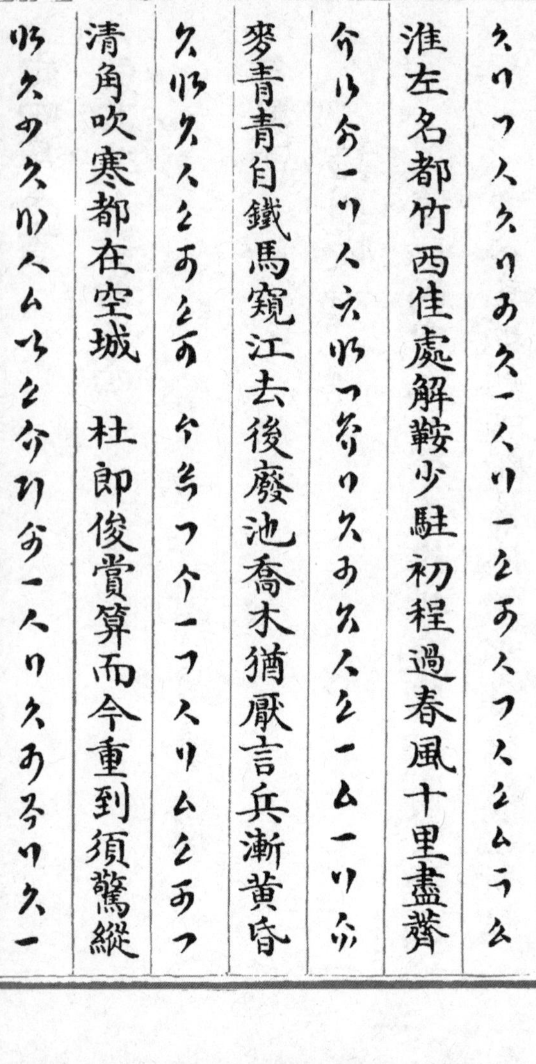

久リフ人久リ马久一人リ一么马人フ人么厶ㄋ厶

淮左名都竹西佳處解鞍少駐初程過春風十里盡薺

今リ今一リ人六リフ今リ久马久人么一厶一リ么

麥青青自鐵馬窺江去後廢池喬木猶厭言兵漸黃昏

久リ久人么马么马　今ㄅフ今一フ人リ厶么马フ

清角吹寒都在空城　杜郎俊賞算而今重到須驚縱

リ久马久リ人厶ㄅ么今リ马一人リ久马ㄋリ久一

荳蔻詞工青樓夢好難賦深情二十四橋仍在波心蕩

人么フ与一フ今ス小ク人么丂么丂

冷月無聲念橋邊紅藥年年知為誰生

長亭怨慢 中呂宮

予頗喜自製曲初率意為長短句然後協以律故前後闋多不同桓大司馬云昔年種柳依依漢南今看搖落悽愴江潭樹猶如此人何以堪此語予深愛之

ㄙㄥ一久リフ人ㄥ人ㄥㄙ么一ㄙ尺ㄅ人ㄣ一
漸吹盡枝頭香絮是處人家綠深門戶遠浦縈回暮帆
人ㄥ今リ可ㄅ么下今リ久一ㄥ一ㄙㄙㄥ一フ今リ
零亂向何許閱人多矣誰得似長亭樹樹若有情時不
ㄙ人ㄥ可ㄥ可 ㄥ可么フ人ㄥㄙ人ㄥㄙ一ㄥ可尺
會得青青如許 日暮望高城不見只見亂山無數韋
ㄅ五尺ㄙ一ㄙフ今ㄋ今ㄥフ人ㄥリリ久リ久一人
郎去也怎忘得玉環分付第一是早早歸來怕紅萼無

幺一厶厶幺丂フ人久人幺丆厶丆

人為主算只有并刀難剪離緒千縷

淡黃柳 正平調近

客居合肥南城赤闌橋之西巷陌凄涼與江左異唯柳色夾道依依可憐因度此闋以紓客懷

フ人幺ㄋリス幺一マ幺フ马久丆㔾丆厶マリマ厶

空城曉角吹入垂楊陌馬上單衣寒惻惻看盡鵞黃嫩

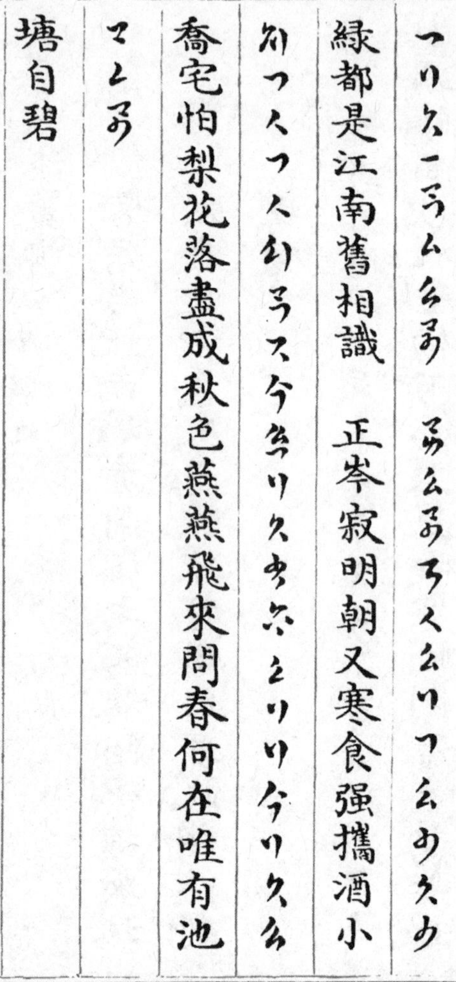

フリ久一ろ厶幺马　马幺马ろ人幺リフ幺ㄌ久ㄌ
緑都是江南舊相識　正岑寂明朝又寒食強攜酒小
𠃌フ人フ人ㄐろ大今幺リ久ㄓ穴ㄙリリ今リ久幺
喬宅怕梨花落盡成秋色燕燕飛來問春何在唯有池
マ厶马
塘自碧

石湖仙　越調

壽石湖居士

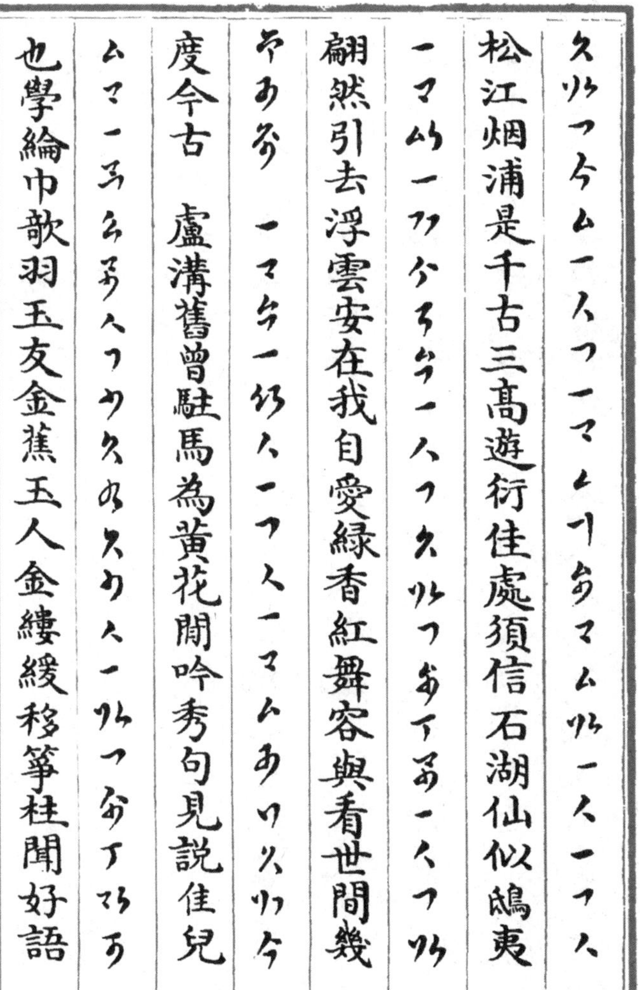

久ㄌフ今ム一人フ一マム丁ㄅマムㄌ一人一フ人

松江烟浦是千古三高遊衍佳處須信石湖仙似鴟夷

一マㄌ一ㄌ分ㄅ今一人フ久ㄌフㄅ丁ㄅ一人フㄌ

翩然引去浮雲安在我自愛緑香紅舞容與看世間幾

ㄅㄅ分　一マ今一ㄌ人一フ人一マムㄅㄇ久ㄌ今

度今古　盧溝舊曾駐馬為黄花閒吟秀句見說佳兒

ムマ一ㄅㄙㄅ人フㄅ久ㄅ久ㄅ人一ㄌフ分丁ㄌㄅ

也學綸巾欹羽玉友金蕉玉人金縷緩移箏柱聞好語

久フ収ㄅあ茍

明年定在槐府

暗香 仙呂宮

辛亥之冬予載雪詣石湖止既月授簡索句
且徵新聲作此兩曲石湖把玩不已使工妓
隸習之音節諧婉乃名之曰暗香疏影

厶久リ久ム一厶フ久リフリ丂ム一么人厶フマㄅ

舊時月色算幾番照我梅邊吹笛喚起玉人不管清寒

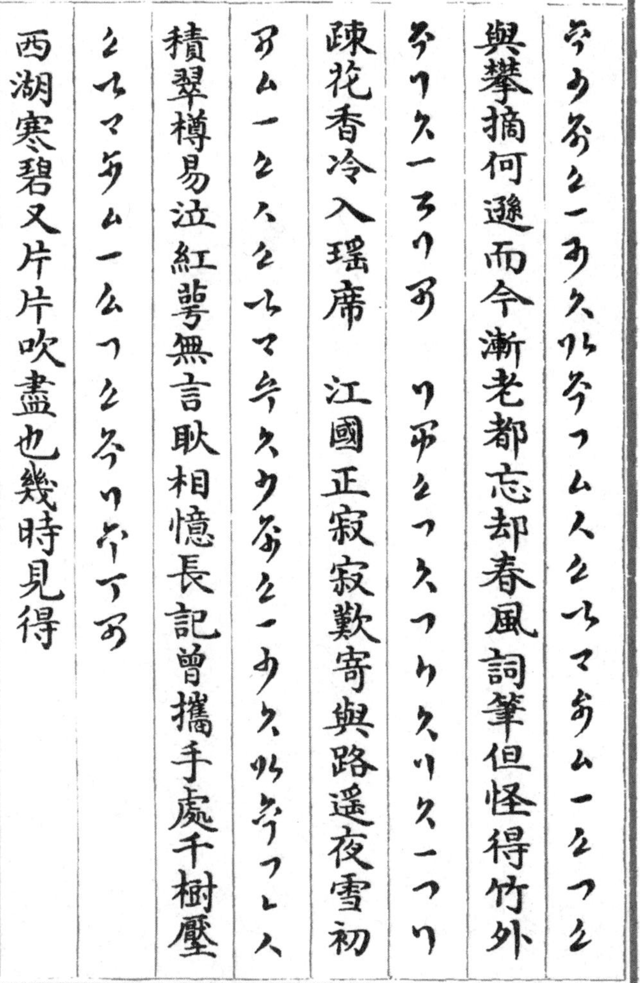

與攀摘何遜而今漸老都忘却春風詞筆但怪得竹外

疎花香冷入瑶席　江國正寂寂歎寄與路遥夜雪初

積翠樽易泣紅蕚無言耿相憶長記曾攜手處千樹壓

西湖寒碧又片片吹盡也幾時見得

疎影

丂久𠃋乡ム一幺フ久リフリ丂ム一幺人幺𠃋マム
苔枝綴玉有翠禽小小枝上同宿客裏相逢籬角黄昏
リ万リ久丂久丂久リㄥ幺マ一幺フリ久フ人㔾フ
無言自倚修竹昭君不慣龍沙遠但暗憶江南江北想
ム人幺一丂久リ久一万リ丂　リフム幺フ六リ久
珮環月夜歸來化作此花幽獨　猶記深宫舊事那人
一幺大リフリ丂ム一幺人幺𠃋マムリ万リ久力久

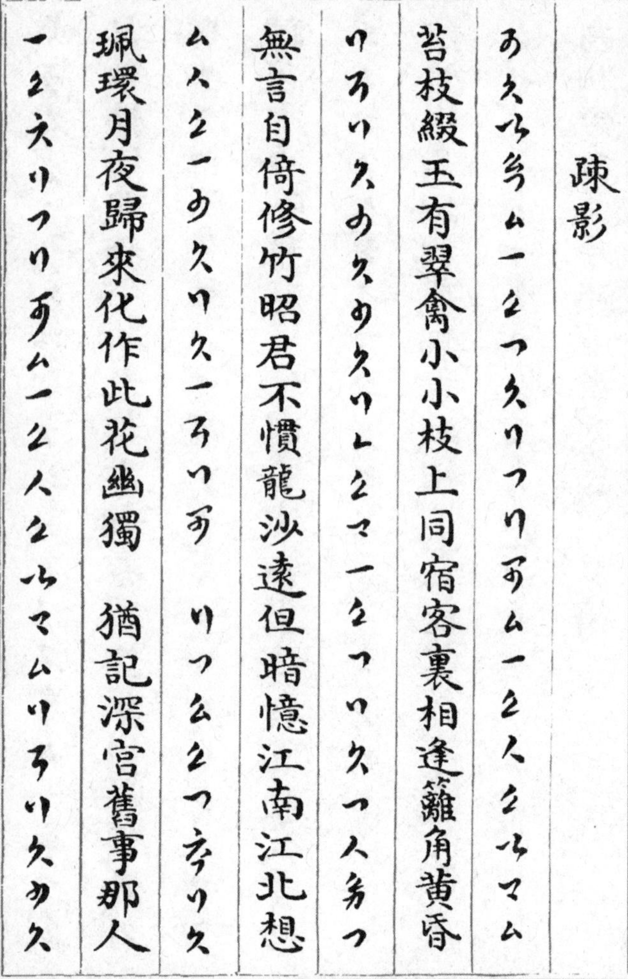

正睡裏飛近蛾緑莫似春風不管盈盈早與安排金屋

ㄋ久フム么マ一么フリ久フ人ㄋフム人么一ㄋム

還教一片隨波去又却怨玉龍哀曲等恁時再覔幽香

リス一ろリㄋ

已入小窗横幅

惜紅衣 無射宫

吳興號水晶宫荷華盛麗陳簡齋云今年何

以報君恩一路荷華相送到青墩亦可見矣

丁未之夏予遊千巖數往來紅香中自度此
曲以無射宮歌之

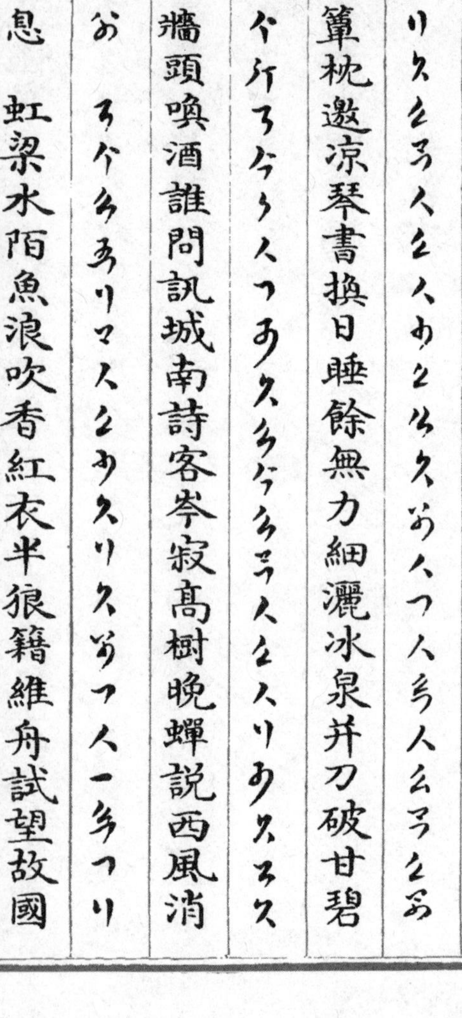

リ久ㄙ丂人ㄙ人ㄢㄙㄙ久ㄢ人フ人ㄠ人ㄙ丂ㄙ㚷
簟枕邀涼琴書換日睡餘無力細灑冰泉并刀破甘碧
𠆢什丂ㄅ人フ𠃛久ㄠ𠆢ㄠ丂人ㄙ人リ𠃛久丂久
牆頭喚酒誰問訊城南詩客岑寂高樹晚蟬說西風消
㚷丂𠆢ㄠ𠃛リマ人ㄙㄢ久リ久ㄢフ人一ㄠフリ
息　虹梁水陌魚浪吹香紅衣半狼籍維舟試望故國

ㄋ么ㄋㄥ人ㄋ么ㄋ六ㄋㄥリ久么ㄋ么人リ么ㄋ人

眇天北可惜柳邊沙外不共美人遊歷問甚時同賦三

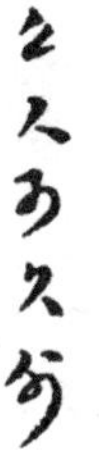

ㄥ人ㄋ久ㄋ

十六陂秋色

角招 黄鍾角

甲寅春予與俞商卿燕遊西湖觀梅於孤山

之西村玉雪照映吹香薄人已而商卿歸吳

興予獨來則山横春煙新柳被水遊人容與

柳花中悵然有懐作此寄之商卿善歌聲稍以儒雅緣飾予每自度曲吹洞簫商卿輒歌而和之極有山林縹緲之思今予離憂商卿一行作吏殆無復此樂矣

丁人冂久リフムマム一ケ丂ム一マム一一く久リ

為春瘦何堪更繞西湖盡是垂柳自看煙外岫記得與

リ一人外フリケ分丂ム一リフ仂ㄥ一ムマ一マム

君湖上攜手君歸未久早亂落香紅千畝一葉凌波縹

ララリ久カズフ人ムラ八可　八可ム一久フ久リ

纔過三十六離宮遣遊人回首　猶有畫船障袖青樓

フムマム一リ可ム一マム一一人久リフ人久フろ

倚扇相映人爭秀翠翹光欲溜愛著宮黃而今時候傷

ケろ马ムリフ小ム一ムマ一マムラ马リ久カ久

春似舊蕩一點春心如酒寫入吳絲自奏問誰識曲中

フ人ム可

心花前後

徵招

越中山水幽遠予數上下西興錢清間襟抱清曠越人善為舟卷篷方底舟師行歌徐徐曳之如偃臥榻上無動搖突兀勢以故得盡情騁望予欲家焉而未得作徵招以寄興徵招角招者政和間大晟府嘗製數十曲音節駁矣予嘗攷唐田畸聲律要訣云徵與二變之調咸非流美故自古少徵調曲也徵為去

母調如黃鍾之徵以黃鍾為母不用黃鍾乃諧故隋唐舊譜不用母聲琴家無媒調商調之類皆徵也亦皆具母弦而不用其說詳於予作琴書然黃鍾以林鍾為徵住聲於林鍾若不用黃鍾聲便自成林鍾宫矣故大晟府徵調兼母聲一句似黃鍾均一句似林鍾均所以當時有落韻之語予嘗使人吹而聽之寄君聲於臣民事物之中清者髙而亢濁者

下而遺萬寶常所謂宫離而不附者是已因再三推尋唐譜并琴弦法而得其意黄鍾徵雖不用母聲亦不可多用變徵蕤賓變宫應鍾聲若不用黄鍾而用蕤賓應鍾即是林鍾宫矣餘十一均徵調倣此其法可謂善矣然無清聲只可施之琴瑟難入燕樂故燕樂闕徵調不必補可也此一曲乃予昔所製因舊曲正宫齊天樂慢前兩拍是徵調故足成之

雖兼用母聲較大晟曲為無病矣此曲依晉

史名曰黃鍾下徵調角招曰黃鍾清角調

久リフ与一マムフㄴ一人フ分フ久ろ外フ人ムラ

潮回却過西陵浦扁舟僅容居士去得幾何時黍離離

ㄙ万ム一マムラ人フリフ人ㄴ万人リリフ么ㄴ一

如此客途今倦矣漫贏得一襟詩思記憶江南落帆沙

ム一ㄙフ分　フ分フリフ么マムフㄴ人フ分フ一

際此行還是　迤邐剡中山重相見依依故人情味似

久ㄌ刂フ人ㄴㄋリ可ム一フムㄋ人フリフ人乙可
怨不來遊擁愁鬟十二一卭聊復爾也孤負幼輿高致
人フリフ以ㄴ一ム一ケフ句
水葓晚漠漠搖煙奈未成歸計

秋宵吟 越調

リフ人ム一人フ以フ人ㄆ句ㄗマム一人フ丂久以
古簾空墜月皎坐久西窗人悄蛩吟苦漸漏水丁丁箭
六ㄌ句以フ人ム一人フ以フㄆㄆ句ㄗフム一人フ

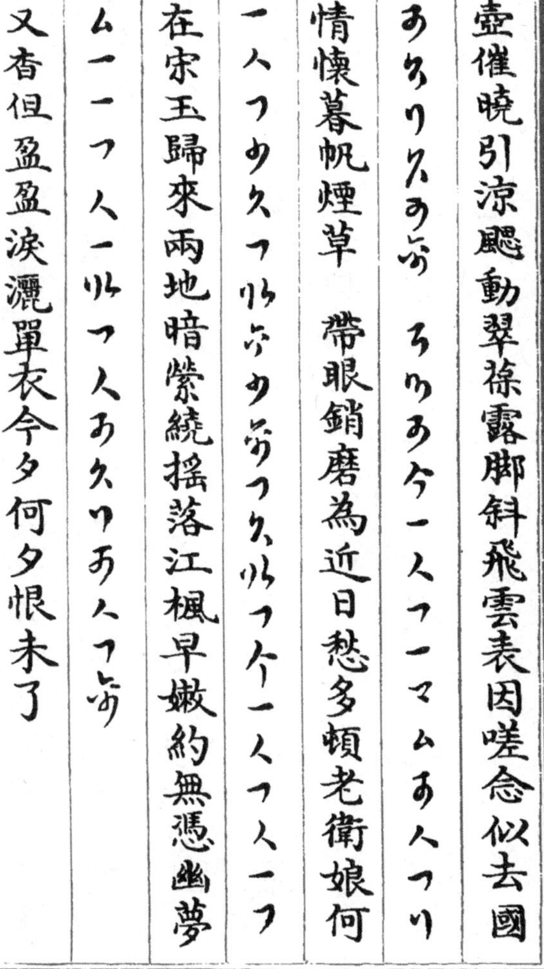

壺催曉引涼颸動翠葆露腳斜飛雲表因嗟念似去國

ㄎ幺リ久ㄎ𠆤　ㄎㄇㄎ今一人フ一マムㄎ人フリ

情懷暮帆煙草　帶眼銷磨為近日愁多頓老衛娘何

一人フㄌ久フ㓁𠆤ㄌ𠆤フ久㓁フ𠆤一人フ人一フ

在宋玉歸來兩地暗縈繞搖落江楓早嫩約無憑幽夢

ム一一フ人一㓁フ人ㄎ久ㄇㄎ人フ𠆤

又杳但盈盈淚灑單衣今夕何夕恨未了

淒涼犯　仙呂調犯商調

合肥巷陌皆種柳秋風夕起騷騷然予客居闔户時聞馬嘶出城四顧則荒煙野草不勝凄黯乃著此解琴有凄涼調假以為名凡曲言犯者謂以宮犯商商犯宮之類如道調宮上字住雙調亦上字住所住字同故道調曲中犯雙調或於雙調曲中犯道調其他準此唐人樂書云犯有正旁偏側宮犯宮為正宮犯商為旁宮犯角為偏宮犯羽為側宮此說

非也十二宫所住字各不同不容相犯十二
宫特可見犯商角羽耳予歸行都以此授國
工田正德使以啞觱栗吹之其韻極美亦曰

瑞鶴仙影

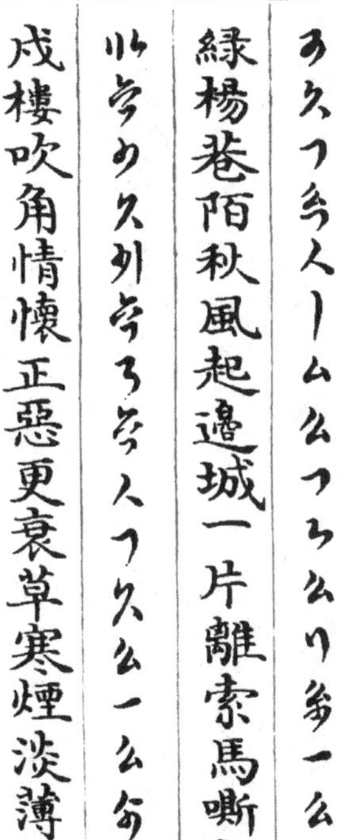

ㄋ久フ马人丨厶幺フㄋ幺リ马一幺人ㄌ久リ幺フ
緑楊巷陌秋風起邊城一片離索馬嘶漸遠人歸甚處
小马ㄌ久リ马ㄋ马人フ久幺一幺马一久人ㄋ人幺
戍樓吹角情懷正惡更衰草寒煙淡薄似當時將軍部

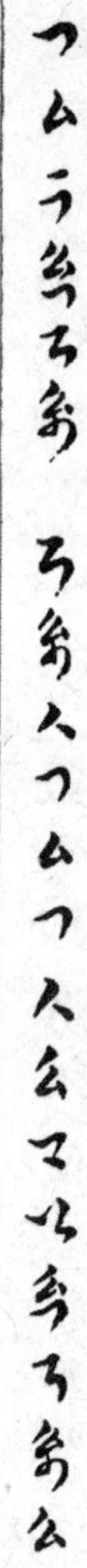

フムラ幺ろ幺　ろ幺人フムフ人么マ几幺ろ幺么
曲迤邐度沙漠　追念西湖上小舫攜歌晚花行樂舊 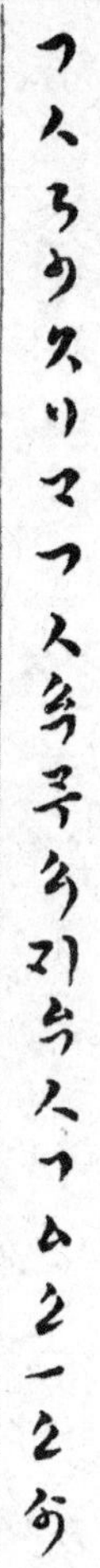
フ人ろりス　リマフ人幺マ幺刁ムム人フム一ム一ム今
遊在否想如今翠凋紅落漫寫羊裙等新雁來時繫著 
一ス人ろ人么フム几幺
怕匆匆不肯寄與悞後約

翠樓吟 雙調

淳熙丙午冬武昌安遠樓成與劉去非諸友

落之度曲見志予去武昌十年故人有泊舟
鸚鵡洲者聞小姬歌此詞問之頗能道其事
還吳為予言之興感昔遊且傷今之離索也
ス リ フ 人 么 マ ム 人 么 マ 乙 么 人 ㄌ フ 久 フ ム マ フ ㄌ
月冷龍沙塵清虎落今年漢酺初賜新翻雜部曲聽氊
久 フ 分 川 ㄌ 尺 り ㄌ ㄌ ム マ 人 么 ㄅ マ ム フ ム ㄅ フ 今
幕元戎歌吹層樓高峙看檻曲縈紅簷牙飛翠人姝麗
久 人 么 マ ㄅ ㄌ 人 ㄌ　人 ㄌ フ 久 リ フ フ ム 人 么 久 ㄅ

粉香吹下夜寒風細　此地宜有詞仙擁素雲黃鶴與

么人五フ人フムマフ五久フ六ク合𠃌己五久フム

君遊戲玉梯凝望久歎芳草萋萋千里天涯情味仗酒

マ人㣺マムフム㣺フ合久人么マ工五人五

祓清愁花消英氣西山外晚來還捲一簾秋霽

湘月

長溪楊聲伯典長沙櫂居瀕湘江窗間所

見如燕公郭熙畫圖卧起幽適丙午七月既

望聲伯約予與趙景魯景望蕭和父裕父時父恭父大舟浮湘放乎中流山水空寒煙月交映淒然其為秋也坐客皆小冠練服或彈琴或浩歌或自酌或援筆搜句予度此曲即念奴嬌鬲指聲也於雙調中吹之鬲指亦謂之過腔見晁無咎集凡能吹竹者便能過腔也

五湖舊約問經年底事長負清景瞑入西山漸喚我一

葉夷猶乘興倦網都收歸禽時度月上汀洲冷中流容與畫橈不點清鏡　誰解喚起湘靈烟鬟霧鬢理哀弦鴻陣玉麈談玄歎坐客多少風流名勝暗柳蕭蕭飛星冉冉夜久知秋信鱸魚應好舊家樂事誰省

白石道人歌曲卷四

欽定四庫全書

白石道人歌曲別集

宋 姜夔 撰

小重山令

趙郎中謁告迎侍太夫人將來都下予喜為作此曲

寒食飛紅滿帝城慈烏相對立柳青青玉階端笏細陳情天恩許春盡可還京 鵲報倚門人安輿扶上了更

親擎看花攜藥緩行程爭迎處堂下拜公卿

念奴嬌

毀舍後作

昔遊未達記湘皐聞瑟澧浦捐璞因覔孤山林處士來踏梅根殘雪獠女供花傖兒行酒卧看青門轍一丘吾老可憐情事空切　曾見海作桑田仙人雲表笑汝真癡絶説與依依王謝燕應有凉風時節越只青山吳惟芳草萬古皆沇滅繞枝三匝白頭歌盡明月

卜算子

吏部梅花八詠夔次韻

江左詠梅人夢繞青青路因向凌風臺下看心事還將與　憶別庾郎時又過林逋處萬古西湖寂寞春惆悵誰能賦

又

月上海雲沈鷗去吳波迴行過西泠有一枝竹暗人家靜　又見水沈亭舉目悲風景花下鋪氊把一盃緩飲

春風影 西泠橋在孤山之西水沈亭在孤山之北亭廢

又

蘚榦石斜妨玉蕊松低覆日暮冥冥一見來略比年時瘦 涼觀酒初醒竹閣吟纔就猶恨幽香作許慳小遲春心透 涼觀在孤山之麓南北梅最奇竹閣在涼觀西今廢

又

家在馬城西曾賦梅屏雪梅雪相兼不見花月影玲瓏徹 前度帶愁看一晌和愁折若使逋仙及見之定自

成愁絶馬城在都城西北梅屏甚見珍愛

又

摘蕊暝禽飛倚樹懸冰落下竺橋邊淺立時香已漂流却空遲晚煙平古寺春寒惡老子尋花第一番常恐吳兒覺下竺寺前澗石上風景甚妙

又

綠萼更橫枝多少梅花樣惆悵西村一塢春開過無人賞細草藉金輿歲歲長吟想枝上么禽一兩聲猶似

宫娥唱緑蕚横枝皆梅别種凡二十許名西村在孤山後梅皆阜陵時所種

又

象筆帶香題龍笛吟春咽楊柳嬌癡未覺愁花管人離别路出古昌源石瘦冰霜潔折得青鬚碧蘚花持向人間說越之昌源古梅妙天下

又

御苑接湖波松下春風細雲緑峩峩玉萬枝别有仙風味長信昨來看憶共東皇醉此樹婆娑一惆然苔蘚

生春意聚景官梅皆植之高松之下花蔭歲久萼盡綠夔舊歲觀梅於彼所聞於園官者如此末章及之

洞仙歌

黄木香贈辛稼軒

花中慣識壓架玲瓏雪乍見緗蕤間琅葉恨春風將了染額人歸留得箇裊裊垂香帶月　鵞兒真似酒我愛幽芳還比酴醿又嬌絕自種古松根待看黃龍亂飛上蒼髯五鬣更老仙添與筆端春敢喚起桃花問誰優劣

驀山溪

詠柳

青青官柳飛過雙雙燕樓上對春寒捲珠簾瞥然一見如今春去香絮亂因風霑徑草惹牆花一一教誰管陽關去也方表人腸斷幾度拂行軒念衣冠尊前易散翠眉織錦紅葉浪題詩煙波渡口水亭邊長是心先

永遇樂

次韻辛克清先生

我與先生夙期已久人間無此不學楊郎南山種豆十一徵徵利雲霄直上諸公袞袞乃作道邊苦李五千言老來受用肯教造物兒戲　東岡記得同來胥宇歲月幾何難計柳老悲桓松高對阮未辦為鄰地長干白下青樓朱閣往往夢中槐蟻却不如窪尊放滿老夫未醉

虞美人

括蒼烟雨樓石湖居士所造也風景似越之蓬萊閣而山勢環繞峯嶺高秀過之觀居士

欽定四庫全書

題顏且歌其所作虞美人夔亦作一解

闌干表立蒼龍背三面攙天翠東遊纔上小蓬萊不見此樓煙雨未應回　而今指點來時路却是冥濛處老仙鶴馭幾時歸未必山川城郭是耶非

永遇樂

北固樓次稼軒韻

雲隔迷樓苔封很石人向何處數騎秋烟一篙寒汐千古空來去使君心在蒼厓緑嶂苦被北門留住有尊中

酒差可飲大旗盡繡熊虎　前身諸葛來遊此地數語便酬三顧樓外冥冥江皐隱隱認得征西路中原生聚神京耆老南望長淮金鼓問當時依依種柳至今在否

水調歌頭

富覽亭永嘉作

日落愛山紫沙漲省潮回平生夢猶不到一葉眇西來欲訊桑田成海人世了無知者魚鳥兩相猜天外玉笙杳子晉只空臺　倚闌干二三子總仙才爾歌遠遊章

句雲氣入吾杯不問王郎五馬頗憶謝生雙屐處處長青苔東望赤城近吾興亦悠哉

漢宮春

次韻稼軒

雲曰歸歟縱垂天曳曳終反衡廬揚州十年一夢俛仰差殊秦碑越殿悔舊遊作計疎分付與高懷老尹管弦絲竹寧無　知公愛山入剡若南尋李白問訊何如年年雁飛波上愁亦關予臨皋領客向月邊攜酒攜鱸

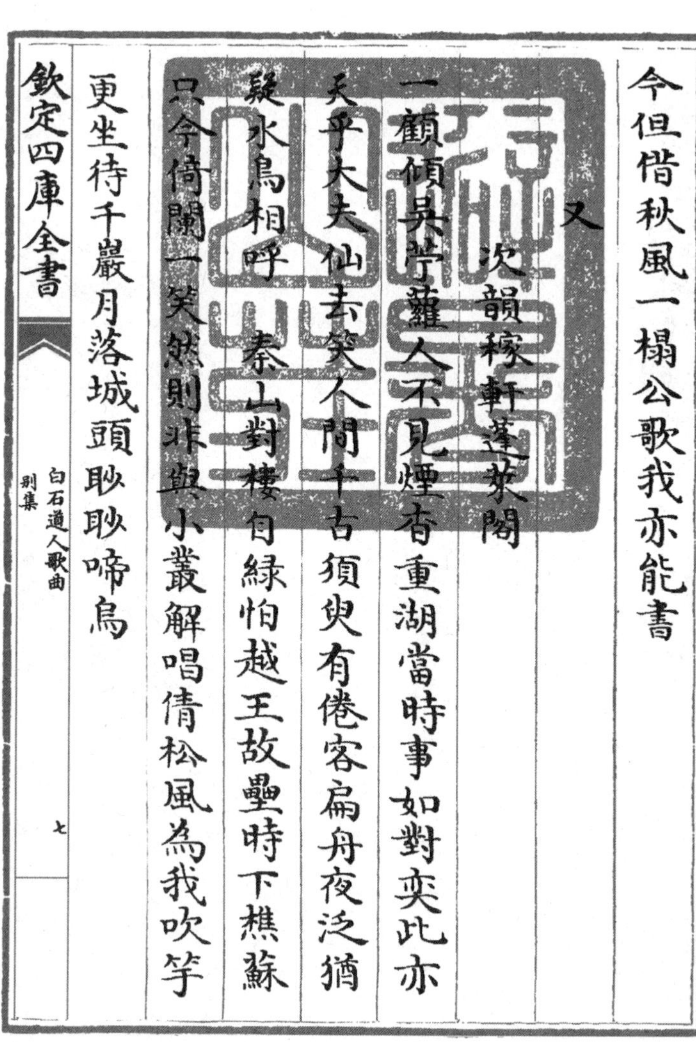

今但借秋風一榻公歌我亦能書

又

次韻稼軒蓬萊閣

一顧傾吳苧蘿人不見煙杳重湖當時事如對奕此亦天乎大夫仙去笑人間千古須臾有倦客扁舟夜泛猶疑水鳥相呼　秦山對樓自綠怕越王故壘時下樵蘇只今倚闌一笑然則非與小叢解唱倩松風為我吹竽更坐待千巖月落城頭眇眇啼烏

欽定四庫全書

白石道人歌曲别集

白石道人歌曲跋

歌曲特文人餘事耳或者少諧音律白石留心學古有志雅樂如會要所載奉常所録未能盡見也聲文之美概具此編嘉泰壬戌刻於雲間之東巖其家轉徙自隨珍藏者五十載淳祐辛亥復歸嘉禾郡齋千歲令威夫豈偶然因筆之以識歲月端午日菊坡趙與訔書

至正十年歲在庚寅正月望日校葉君居仲本於錢唐之用拙幽居既畢因以識其後云天台陶宗儀九成

此書俾他人抄録故多有悮字今將善本勘讐方可人意後十一年庚子夏四月也